LA ABUELA DE
TUTANKAMÓN

M

El papel utilizado para la impresión de este libro ha sido fabricado a partir de madera procedente de bosques y plantaciones gestionadas con los más altos estándares ambientales, garantizando una explotación de los recursos sostenible con el medio ambiente y beneficiosa para las personas. Por este motivo, Greenpeace acredita que este libro cumple los requisitos ambientales y sociales necesarios para ser considerado un libro «amigo de los bosques». El proyecto «Libros amigos de los bosques» promueve la conservación y el uso sostenible de los bosques, en especial de los Bosques Primarios, los últimos bosques vírgenes del planeta.

Título original: La nonna di Tutankhamon
Publicado por acuerdo con Atlantyca, S.p.A.
Adaptación de la portada: Departamento de diseño de Random House Mondadori
Primera edición: junio de 2008
Segunda edición: julio de 2008

© 2007, Edizioni PIEMME S.p.A.
  Via Galeotto del Carretto, 10. 15033 Casale Monferrato (AL) Italia
© 2007, Bat Pat, por el texto
© 2008, de la presente edición en castellano para todo el mundo:
  Random House Mondadori, S. A.
  Travessera de Gràcia, 47-49. 08021 Barcelona
© 2008, Jordi Bargalló Chaves, por la traducción
Proyecto gráfico de Laura Zuccotti
Diseño de la cubierta y de las ilustraciones de Blasco Pisapia y Pamela Brughera
www.batpat.it   www.batelloavapore.it
International Rights © Atlantyca S.p.A., Via Telesio 22, 20145, Milán, Italia

Printed in Spain – Impreso en España
ISBN: 978-84-8441-440-7
Depósito legal: B-28.843-2008
Compuesto en Átona
Impreso en Gráficas 94
Encuadernado en Encuadernaciones Roma

GT 1 4 4 0 7

BAT PAT

LA ABUELA DE TUTANKAMÓN

montena

¡¡¡Hola!!!
¡Soy Bat Pat!

¿Sabéis a qué me dedico?
Soy escritor. Mi especialidad son
los libros escalofriantes: los que hablan
de brujas, fantasmas, cementerios...
¿Os vais a perder mis aventuras?

Os presento a mis amigos...

Rebecca

Edad: 8 años
Particularidades: Adora las arañas y las serpientes. Es muy intuitiva.
Punto débil: Cuando está nerviosa, mejor pasar de ella.
Frase preferida: «¡Andando!».

Leo

Edad: 9 años
Particularidades: Nunca tiene la boca cerrada.
Punto débil: ¡Es un miedica!
Frase preferida: «¿Qué tal si merendamos?».

Martin

Edad: 10 años
Particularidades: Es diplomático e intelectual.
Punto débil: Ninguno (según él).
Frase preferida: «Un momento, estoy reflexionando...».

¡Hola, amigos voladores! ¡Un saludo «faraónico» de vuestro Bat Pat! ¿Os gustan los antiguos egipcios? A mí me flipan. Fue Bat Aled quien me contagió esta pasión, uno de mis primos que vive en Egipto, un *Rousetos egyptiacus*, para ser exactos. ¿Que qué es un *Rousetos egyptiacus*? Pues es un murciéla-

go enorme que solo come fruta y verdura. ¡A mi primo le vuelven loco hasta las coles de Bruselas! Pero, ¿por qué ponéis esa cara? ¿Es que a vosotros no os gustan? No seréis de los que prefieren un plato de patatas fritas, ¿verdad?

Bueno, pues fue él, Bat Aled, el primero en hablarme de Egipto, y desde entonces he leído mucho sobre el tema, especialmente sobre las momias.

Debéis de estar pensando: ah, las momias, qué tema tan alucinante, ¿no?

A mí también me lo parecía. Al menos hasta que viví la aventura que voy a contaros...

1

¿UNA INSOLACIÓN?

 o soporto ir en coche. Me sienta fatal. Con las curvas me dan ganas de vomitar. ¡Y para colmo, la primera vez que viajé con la familia Silver estuve a punto de estrangularme con el cinturón de seguridad!

Entonces probé a instalarme en el brazo de Rebecca, pero vi que era más cómodo sentarme delante de la luna posterior, tumbado en el reposacabezas. Algún chaval, al verme, me tomaba por un muñeco: «¡Mira, mamá! ¡Yo también quiero un murciélago de plástico!». Pero al menos así podía mirar por la ventanilla y no me arriesgaba a caer en cada frenada.

Un día el señor Silver tuvo una idea genial: hizo montar delante de la luna un pequeño asiento completamente giratorio. Lo probé por primera vez una noche, mientras regresábamos de Placid Lake. Nuestro coche avanzaba en la oscuridad por los alrededores de Fogville, remolcando la lancha neumática con la que habíamos estado navegando por el lago.

Por desgracia, precisamente esa misma tarde ha-

bía descubierto que yo también sufría de mal de mar, o de lago si se prefiere. El balanceo de las aguas había convertido mi estómago en un ascensor: ¡arriba y abajo, arriba y abajo!

¡Y, además, ese sol tan brillante! ¿Cuándo se enterarán los humanos de que nosotros, los murciélagos, no soportamos la luz del sol? En fin, con las gafas, el sombrero y la crema protectora, me las hubiera podido apañar, pero a Leo se le metió entre ceja y ceja enseñarme a pescar.

—¡Mira, Bat! Es facilísimo. Basta que aguantes la caña así, sueltes el carrete, dobles el brazo hacia atrás y… ¡la eches! —explicó pasándome la caña. Yo seguí todas sus instrucciones al pie de la letra, e incluso conseguí hacer un buen lanzamiento. Pero ¿pescar? ¿Para qué quería yo pescar?

—Eo, ¡han picado! —grité al ver cómo se hundía el corcho.

—¡Tira, tira! —chilló Leo.

—No puedo —dije yo—, ¡pesa un montón!

Leo ya venía en mi ayuda cuando un tirón más fuerte me catapultó fuera de la lancha.

Entonces los tres hermanos Silver se zambulleron para salvarme (a propósito: ¡yo no sé nadar!). Rebecca y Martin me recuperaron a mí y Leo recuperó su caña, con la presa enganchada al anzuelo: ¡era tan solo una rueda de carretilla oxidada!

El resto de la tarde me lo pasé en la orilla, envuelto en una toalla.

Y ahora estaba allí, en el coche, repantigado en mi asiento, mirando el remolque con la lancha que bailoteaba sobre el asfalto. Aunque era oscuro y debería de haberme sentido lleno de vitalidad, me estaba adormilando. Martin, Leo y Rebecca, por su parte, ya hacía un rato que dormían profundamente.

De repente, algo llamó mi atención.

Un resplandor blanco había cruzado la carretera para, después, desaparecer en el bosque.

Me froté los ojos. ¿Qué era eso?

Un instante después, «eso» reapareció en mitad de la carretera ¡y comenzó a perseguirnos a una velocidad increíble!

No os lo vais a creer, pero aquello que veían mis ojos era… ¡UNA MOMIA!

Largos cabellos de color rojizo revoloteaban en torno a su cabeza, mientras que el resto del cuerpo lo llevaba cubierto de vendas blancas que le colgaban en jirones de los brazos y de las piernas.

¡Miedo, remiedo!

El monstruo se iba acercando a la lancha con los brazos tendidos hacia mí: podía ver sus ojos sin vida mirándome con ferocidad.

Intenté alertar a mis amigos, pero me había quedado sin habla.

De sopetón, la momia pegó un brinco para intentar saltar a la lancha, pero solamente consiguió agarrarse al borde de la parte de atrás, provocando que el remolque se inclinara.

—¡¡¡SOCORRO!!! —conseguí gritar por fin.

—¿Qué pasa? —preguntaron los tres dormilones, despertándose del susto.

—¡Nada, chicos! —les tranquilizó el señor Silver—. Debo de haber cogido un bache. Echa un vistazo atrás, Bat. ¿Todo en su sitio?

—¡EN ABSOLUTO! ¡HAY UNA MOMIA AGARRADA A LA LANCHA!

Hubo un instante de silencio. Ni yo podía creer haber dicho semejantes palabras.

Después se echaron todos a reír.

—¡Desde luego, el sol te sienta mal, querido Bat! —dijo Leo.

—¡Por Batman que no es broma! —insistí—. ¡Y si no, mirad vosotros!

Se arrodillaron los tres sobre el asiento, mirando hacia la lancha.

—¿La veis? —pregunté.

—¿Qué? —dijo Martin.

Me volví hacia la carretera, pero de la momia no había ni rastro.

—Pero, si la he visto… —murmuré.

—¡Esta noche pitando a la cama, Bat! —me dijo Leo—. ¡Y nada de vuelos nocturnos!

2

SOLO
PAPEL HIGIÉNICO

ue una noche agitada.

Soñé que la momia me perseguía por todo Fogville, mientras yo intentaba esconderme sin ningún éxito. De improviso, sentí que me agarraban de un ala: ¡la momia me había pillado!

Abrí los ojos de golpe y me la encontré allí delante, con la cara de… ¿Rebecca? ¿Qué hacía Rebecca en mi desván?

—¡Cálmate Bat, solo es una pesadilla! —me susurró dulcemente—. Ya ha pasado todo.

Pero se equivocaba. De repente, por la puerta entró una momia de verdad, cubierta de pies a cabeza de vendas colgantes, y empezó a avanzar hacia nosotros emitiendo una especie de rugido.

De un salto me refugié en los brazos de Rebecca. La momia se estaba acercando lentamente: podía ver con claridad bajo las vendas el color rojo sangre de su… ¡¿camiseta?! ¿Desde cuándo las momias se visten con camiseta?

—¡Para ya, Leo! —gritó Rebecca de repente—. ¿No ves que le estás asustando?

—¿Leo? —pregunté aturdido, recuperándome—. ¿Eres tú?

El más «pallá» de los hermanos Silver empezó a quitarse el papel higiénico con el que se había vendado, riendo a carcajadas.

—¿Qué es lo que te parece tan divertido? —pregunté enfurecido.

—¡Nada! Es que no he podido resistirme. Perdóname. —Y no paraba de reírse.

—No te rayes, Bat —me consoló Rebecca—. Ya sabes cómo es mi querido hermanito.

—Pues Bat tenía razón sobre lo de la momia —dijo Martin entrando en el desván.

—¡El que faltaba! —soltó Rebecca.

—Lo digo en serio: papá acaba de leer en el *Eco de Fogville* que mañana inauguran una exposición en el museo de la ciudad. Parece que la Sala Egipcia alojará la momia de una importante reina.

—¿De veras? —pregunté, estupefacto.

—Pues mira —se entrometió Leo—, ¡a lo mejor su majestad salió a dar un paseíto ayer por la noche y se perdió! De haberlo sabido, podíamos haberla llevado a algún sitio: ¡qué emocionante!

—Ya estamos otra vez… —exclamó Rebecca.

—Venga, Bat —dijo Martin—, vamos a comprobarlo.

Con gran sorpresa para todos, la noticia de la exposición era cierta.

—Llegó anteayer en un vuelo especial desde Egipto —explicó el señor Silver—, junto a algunas estatuas y sarcófagos antiguos.

—Pero, ¿es cierto que se trata de una reina? —pregunté.

—Es cierto: para ser exactos, la reina Tiy, esposa de Amenofis III.

—Jamás había oído hablar de ella —comentó Leo.

—Si os interesa saber más, mañana por la tarde inauguran la exposición. La visita estará guiada por el profesor Robert Templeton, un famoso egiptólogo americano, el descubridor de la momia de Tiy.

—¡Me encantaría ir! —dije—. ¡Me encantan los antiguos egipcios!

—No creo que vayan a dejar entrar a un murciélago —observó el señor Silver.

—A menos que vaya bien escondido… —añadió Rebecca con una sonrisa en los labios.

INAUGURACIÓN EXPOSICIÓN

LA MOMIA DE LA REINA TIY

JUEVES 17 HORAS MUSEO DE FOGVILLE

3

UNA ABUELITA MILENARIA

l museo de Fogville es realmente enorme. Escondido en la mochila de Rebecca, yo lo observaba todo cómodamente y sin ser visto. Fuimos siguiendo las flechas que indicaban la Sala Egipcia.

Llegamos a una gran sala en la que se hallaba reunida una discreta muchedumbre. Al cabo de un rato apareció el profesor Templeton, un distinguido señor de abundantes cabellos oscuros y gafas redondas de montura metálica.

—¡Qué hombre tan fascinante! —observó Rebecca.

—Mucho —replicó Leo—. ¡Se parece a Martin de viejo!

—Qué graciosillo —le contestó su hermano—. Y se quitó las gafas, completamente empañadas: por desgracia, aquello era señal de que había problemas a la vista, así que yo decidí mantener los ojos bien abiertos.

—Damas y caballeros —comenzó el profesor sonriendo a los presentes—, ¡bienvenidos al antiguo Egipto! Hoy estoy aquí con ustedes para relatarles la vida de una persona extraordinaria que vivió hace casi 3.500 años y cuya tumba he tenido la suerte de hallar: la reina Tiy. Una gran soberana y, permítanme que les diga, ¡una gran mujer! ¡Las señoras aquí presentes pueden sentirse orgullosas de una antepasada como ella!

—¿Estás orgullosa, hermanita? —preguntó Leo a Rebecca—. Quizá cuando seas mayor también te convertirás en momia.

—¡Y tú a lo mejor puedes llegar a ser inteligente! —soltó ella.

Yo, acurrucado en mi refugio, me reí.

—La reina Tiy —empezó el profesor— fue la esposa del gran faraón Amenofis III, conocido como «el Rey Sol de Egipto» gracias a las maravillosas construcciones que mandó levantar en la ciudad de Tebas. Sepan ustedes que Amenofis III se convirtió en rey a la tierna edad de ocho años, ¡y que se casó con Tiy cuando apenas tenía once!

—¡Jo! —exclamó Leo—. ¡También yo podría hacer de faraón!

—Puede —replicó Rebecca—, pero seguro que nadie querría casarse contigo.

—Naturalmente —continuó Templeton—, mientras Amenofis III fue niño, el gobierno del reino corrió a cargo de su madre. Pero al subir al trono qui-

so tener siempre a su lado a Tiy, una mujer bellísima.
¡Sepan que el faraón mandó construir un lago artificial y un gran jardín para poder pasear juntos los dos!

—¡Qué romántico! —suspiró Rebecca.

—Tiy estuvo siempre al lado de su esposo en la toma de las decisiones más importantes. Cuando el faraón murió, ella fue quien gobernó Egipto, y continuó haciéndolo también cuando subió al trono su hijo, el faraón Amenofis IV.

—¡Caramba con la señora! —exclamé en voz baja desde la mochila.

—Amenofis IV se casó con la famosa reina Nefertiti, y tuvo seis descendientes: ¡por desgracia, todo niñas!

—¿Qué quiere decir con «por desgracia»? —saltó Rebecca.

—No se ofenda, señorita —sonrió el profesor—, hay que entender que para un rey era muy importante tener un heredero masculino a quien dejar el trono.

—¿Y lo consiguió?

—Afortunadamente, otra de sus muchas esposas le dio un hijo varón que se convertiría en el faraón más famoso de todos los tiempos: ¡Tutankamón!

—Eso quiere decir —intervino Martin— que la reina Tiy era la abuela de Tutankamón.

—¡Exacto, chico! Y por lo que sabemos, fue ella

quien lo educó siendo niño, preparándolo para que se convirtiera en un gran faraón.

—También yo le pediré a la abuela que me enseñe dos o tres de sus truquillos —comentó Leo.

—Ahora, si son tan amables de seguirme, podemos dar inicio a nuestra visita.

Las otras salas estaban algo menos iluminadas, así que me escabullí fuera de la mochila y me escondí bajo la chaqueta de Rebecca, desde la que podía ver mucho mejor. Poco después, nos detuvimos ante un pequeño busto de yeso pintado.

—Este es el único retrato que tenemos de la reina: fíjense en los grandes ojos negros, la tez oscura y los labios rojos. Una mujer con carácter.

«Quizá demasiado…», pensé.

Estuvimos un buen rato admirando la estatua de

la reina, que había sido hallada recientemente en Karnak.

—Cuando la descubrimos se encontraba sepultada bajo medio metro de piedras y arena.

Finalmente, en el interior de una vitrina, vimos un escarabajo de esmalte azul que evocaba el matrimonio entre Tiy y el faraón Amenofis.

—Parece que a la reina le gustaba mucho esta joya, también porque en el antiguo Egipto el escarabajo era un símbolo de buena suerte.

«¿Y los murciélagos? ¿Nunca se habla de los murciélagos?», hubiese querido preguntar.

El profesor hizo una pausa y siguió:

—Y ahora, damas y caballeros, vamos a conocer personalmente a esta gran mujer. Su momia reposa desde hace más de tres milenios en el sarcófago que verán a continuación. ¡No vayan a despertarla!

—¡Ni pensarlo! —dije, escondiéndome mejor bajo la chaqueta de Rebecca.

4

POR LOS SIGLOS DE LOS SIGLOS

La sala en la que estaba expuesta la momia se encontraba inmersa en la oscuridad, a excepción del pedestal situado en el centro, iluminado por pequeños haces de luz blanca y sobre el que descansaba un gran sarcófago de madera pintada.

Nos acercamos a él aguantando el aliento.

Al llegar al sarcófago, cerré instintivamente los ojos. Oí la voz del profesor Templeton que anunciaba solemnemente:

—¡Damas y caballeros, ante ustedes la reina Tiy, soberana de Egipto!

Alcé primero un párpado, luego el otro, ¡y me encontré frente a la cara de la momia! ¡Miedo, re-miedo!

Allí estaba ella, con los brazos cruzados sobre el pecho y envuelta en vendajes que solo dejaban al descubierto el rostro y unos mechones de cabellos rojizos.

—¡Buenos días, su majestad! —dije, temblando.

—Creo que se teñía —observó Leo—. ¡Presumida como todas las mujeres! ¿No te parece, Bat?

Rebecca le sacó la lengua.

Yo ni siquiera le respondí: ¡me alucinaba la idea de estar ante una soberana de 3.500 años!

—Habrán advertido el tono roji-zo de la cabellera —empezó de nuevo

Templeton—, testimonio del hecho de que a las reinas egipcias les gustaba teñirse el pelo.

La gente sonrió. Leo le sacó a su vez la lengua a Rebecca. Luego sacó su cámara digital. Pero el profesor le detuvo.

—¡No, nada de fotos aquí dentro, jovencito! ¡El destello del *flash* perjudicaría a la momia!

Leo obedeció refunfuñando.

—Los egipcios momificaban los cuerpos para permitir al difunto continuar la vida en el Más Allá. Para conseguirlo, el cuerpo no podía consumirse, sino que debía permanecer intacto por los siglos de los siglos. ¡De algún modo, querían que fuese inmortal!

—¡Qué fuerte! —comentó Leo—. Pues igual me hago momificar yo también. Imagínate: ¡Leo Silver inmortal! ¿Me harías compañía, Bat?

—No, gracias, mejor que no…

Y entonces el profesor comenzó a explicar cómo se hacía la momificación, y allí empezaron mis problemas. Solo con oír hablar de cadáveres desmenuzados y de cerebros troceados ya me sentía mal: la cabeza me daba vueltas, lo veía todo desenfocado y noté que estaba a punto de vomitar en la mochila de Rebecca, donde había vuelto a esconderme.

—Psst… —la llamé—, no me encuentro bien. ¿Podemos salir un segundo?

—¿Ahora?

—Solo un momento. Para tomar un poco el aire.

—Vale.

Desanduvimos los pasillos por los que habíamos entrado y salimos al exterior, donde en pocos segundos recuperé mi color natural.

—¿Estás mejor? —me preguntó Rebecca—. ¿Volvemos dentro?

—Yo prefiero que no. Vuelve tú: nos vemos luego.

—Como quieras, pero no te vayas muy lejos.

No tenía ni la más mínima intención de ir a ninguna parte. En el jardín del museo encontré un gran árbol y me colgué cabeza abajo en el punto más frondoso, donde nadie podía verme. Al cabo de un minuto ya dormía profundamente.

Ni que decir tiene que tuve una terrible pesadilla: soñé que me estaban momificando y que me envolvían con largas vendas blancas. Sentía mis alas inmovilizadas... ¡no podía volar! Me desperté sobresaltado: ¡me hallaba rodeado de oscuridad!

—¡Socorro! ¡Ya me han metido en el sarcófago!

Después me di cuenta de que, sencillamente, había caído la noche y me acordé de la cita con mis amigos.

Miré hacia la entrada del museo: la gente estaba saliendo precisamente en aquel momento. El profesor Templeton se detuvo a cambiar impresiones con algunas personas. Después también él se marchó. Algunos instantes después salía el guarda, que cerró las puertas del museo y se fue a su casa.

Pero de Martin, Leo y Rebecca ni la más mínima sombra.

¿Dónde se habían metido?

5
CARRERAS
EN EL MUSEO

o primero que pensé fue en volar hacia casa. Sin embargo, algo me decía que los hermanos Silver no podían haberse marchado sin mí. En resumen: todavía estaban ahí dentro, lo presentía. Tenía que ir en su busca, pero ¿cómo? El museo estaba cerrado.

Pero no me desanimé, sino al contrario. Me vino a la cabeza lo que siempre decía mi abuela Evelina: «El que busca, encuentra. Si es un tipo duro… un camino nuevo encontrará, ¡seguro!».

Di un vuelo rápido alrededor del edificio y descubrí que uno de los tragaluces del tejado estaba abierto. Entraría por allí.

Primero, un planeado. Después, un picado como el que me había enseñado mi primo Ala Suelta, un murciélago de la patrulla acrobática. ¡Y me metí por el hueco al primer intento!

Me encontraba en el desván oscuro y polvoriento del museo. Las telarañas lo cubrían todo: cajas de madera, grandes cuadros oscuros y decenas de viejas estatuas que en la penumbra parecían haber cobrado vida. ¡Miedo, remiedo!

Con la ayuda de mi sónar pasé por entre aquel desbarajuste, llenándome de telarañas, hasta que vi un rayo de luz filtrándose por la rendija de una trampilla de madera que había en el suelo.

Levanté la trampilla con esfuerzo para dar con una escalera estrecha y empinada que parecía llevar al piso de abajo.

Bajé por allí y, finalmente, me encontré en los pasillos del museo.

Reinaba un espeso silencio; una luz débil apenas iluminaba el suelo.

Hubiera querido llamar a mis amigos, pero no me atreví. Agucé el oído y percibí unos ruidos que parecían venir del fondo del pasillo: ¡parecían pasos apresurados seguidos de un gruñido amenazador! ¡Doble miedo, remiedo! Levanté el vuelo hasta el techo y, desde allí, me fui acercando con cautela. El ruido de pasos se hizo más fuerte y el gruñido se transformó en un sonido ronco. ¡Por el sónar de mi abuelo! ¡Venían hacia mí!

Me metí en un pasillo lateral y me oculté en las sombras.

Al cabo de un momento reconocí las voces y pude distinguir algo de lo que decían.

—¿Ves lo que pasa si comes como un cerdito? ¡Que ya no puedes ni moverte!

«¡Esa es Rebecca!», pensé.

—¡Buf, buf! ¡Si salimos vivos de aquí me pongo a dieta, lo juro!

«¡Ese es Leo!»

—¡Cerrad el pico los dos y mejor dedicaos a correr!

«¡Y ese es Martin!»

¡Les había encontrado! Pero ¿por qué corrían?

En cuanto les vi aparecer lo entendí: ¡tras ellos iba la momia de la reina, con los mechones desgreñados, caminando a grandes zancadas y rugiendo como una leona!

¡Así que lo que había visto dos noches antes en la carretera no había sido ninguna visión! ¡Esa momia estaba viva! ¡Triple miedo, remiedo!

Por suerte, no se enteró de que yo revolteaba en la sombra. Desde arriba, me decidí a seguir al grupito. Intentando pensar en cómo ayudar a mis amigos, me distraje un segundo y con el ala rocé uno de los cuadros de las paredes.

De sopetón, el irritante sonido de una alarma llenó por completo todas las salas del museo: ¡UUUAAA! ¡UUUAAA!

Vi que la momia, de golpe, se detenía, alzaba sus brazos al cielo, retrocedía y, lentamente, se daba la vuelta para irse por donde había venido.

Puse el turbo y alcancé a los hermanos Silver,

que no habían dejado de correr ni siquiera un segundo.

—¡Bat! —exclamó Leo apenas verme—. ¡Buf, buf! Creo que hemos escogido un mal momento para visitar el museo.

—¡Por aquí! —dije—. Sé por dónde salir.

Les llevé rápidamente hasta la escalera que subía al desván. Al llegar arriba, abrimos la trampilla y, pasando primero por el tragaluz y luego por la escalera de incendios, alcanzamos sanos y salvos el exterior.

—¡Buen trabajo, Bat! —comentó Martin—. Nos has sacado de un buen lío.

Al cabo de unos instantes oímos acercarse las sirenas de la policía, que había acudido al museo alertada por la alarma.

Pero nosotros ya íbamos camino de casa.

6
UN FOTÓGRAFO
DE PACOTILLA

ue bastante difícil explicarle al señor Silver el motivo de nuestro retraso.

Ninguno queríamos decir una mentira, pero es que tampoco podíamos decir la verdad: «¿Sabes?, es que nos ha estado persiguiendo una momia». Aún se habría enfadado más.

Así que Rebecca decidió echarle la culpa a Leo, y contó que se había perdido por el museo al regresar a la sala de la reina para sacarle una foto.

Después de cenar subimos al piso de arriba.

—¡Muy bueno, el rollo de la foto! —le dije a Rebecca—. Casi me lo trago yo también.

—¡Lo gracioso es que es cierto! —me respondió ella.

—¿Qué? —pregunté mirando a Leo, que se mostraba cabizbajo.

—Cuando el profesor Templeton terminó su visita —explicó Martin—, Leo nos dio a entender que quería volver atrás y sacarle una foto a la momia.

—Sin embargo, el profesor —observé— ya le había dicho que…

—…que no se podía —acabó Rebecca—. ¡Pero él, nada! ¡Erre que erre!

—No podíamos dejarle solo —continuó Martin—, por eso cuando vimos que se escabullía a escondidas, fuimos tras él.

—¿Y luego?

—Cuando llegamos a la sala del sarcófago, me acerqué a la momia —intervino Leo—, saqué la digital y disparé. ¡Fue el *flash* lo que debió de despertar a la reina!

—¿Despertar a la reina?

—¡Exacto! ¡Cuando el *flash* iluminó la sala, la momia abrió los ojos y empezó a perseguirnos!

—Arrancamos a correr con la momia pisándonos los talones, pero al alcanzar la salida vimos que el mu-

seo había cerrado ¡con nosotros dentro! Después, por suerte, llegaste tú —terminó Rebecca, sonriendo.

Se hizo un gran silencio. Todavía no nos lo creíamos: ¡Solo nosotros sabíamos que la momia de una antigua reina egipcia se había despertado y que se divertía persiguiendo a la gente!

—Tenemos que descubrir algo más sobre esa momia —dijo Martin al cabo de un rato—. Mañana por la tarde, después del cole, volvemos al museo: a las cinco el profesor Templeton da una conferencia.

A las cinco en punto, escondido como siempre en la mochila de Rebecca, me hallaba con mis amigos en la última fila de la Sala de Conferencias del museo de Fogville.

El tema de la charla parecía querer responder a todas nuestras dudas: «El misterio de la tumba de Tiy».

El profesor Templeton se presentó puntual.

—¡Es un hombre verdaderamente fascinante! —suspiró Rebecca.

—¡Para ya! —resopló Leo—. ¡Podría ser tu abuelo!

El abuelo… ops, el profesor empezó la conferencia y, en unas pocas frases, nos transportó hasta la magia del desierto egipcio:

—Todos los intentos por hallar la tumba de la reina Tiy habían fracasado. Nuestra expedición concentró las investigaciones en el Valle de las Reinas, donde nos parecía más lógico excavar, y la fortuna se puso de nuestro lado. Una noche, mientras me hallaba sentado en mi tienda repasando unas notas,

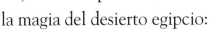

vino a revolotear alrededor de la lámpara de gas un gran murciélago. Un *Rousetos egyptiacus*, para ser exactos.

Al oír la palabra «murciélago» los cuatro aguzamos el oído. Al instante me vino a la cabeza mi primo Bat Aled.

—Agité mis papeles para ahuyentarle, y al hacerlo, tiré la lámpara al suelo, que comenzó a incendiarse junto con mis notas. Por suerte, bastó con un poco de arena para apagar las llamas, pero estaba tan furioso con aquel animal que empecé a perseguirlo. Habría recorrido más o menos unos cincuenta metros cuando vi que se metía por una hendidura entre las rocas. Probé a meterme yo también, pero no cabía. Regresé a mi tienda, tomé una linterna y un pico e intenté ensanchar la grieta. Tras conseguirlo, entré en ella seguido de mis ayudantes, y aparecimos en el centro de una gran gruta cuyas paredes estaban recubiertas de ¡decenas de murciélagos! Molestos por la

luz de la linterna, los murciélagos se asustaron y empezaron a volar a lo loco. Me fijé en que en el fondo de la gruta había una escalera que descendía. Bajamos por ella y nos hallamos ante la entrada de lo que parecía un sepulcro subterráneo. El sello que había en la pared no dejaba lugar a dudas: el nombre que llevaba grabado era el de la reina Tiy. Puedo, así pues, afirmar que si no hubiera sido por aquel murciélago jamás habría descubierto el lugar del eterno reposo de la abuela de Tutankamón.

—¡Dígalo bien alto y fuerte! —comenté, consiguiendo que una señora gorda sentada delante de mí se volviese.

—¿Y saben lo más increíble? —continuó el profesor—. Que, por lo que parece, ¡la reina odiaba a los murciélagos! ¡Los encontraba horribles!

—Esta sí que es buena… —susurré yo.

Una vez terminada la conferencia, esperamos a que todo el mundo hubiera salido y luego nos acercamos al profesor Templeton, que nos reconoció enseguida.

—¡Vaya, aquí están los tres chicos de ayer! ¡También vosotros os quedasteis fascinados por la reina Tiy? A todos les pasa lo mismo.

—Sí, es cierto —respondió educadamente Martin—. Si tiene un minuto, quisiéramos preguntarle algo…

—¡Claro! ¿De qué se trata?

—Tengo curiosidad por saber una cosa: muchas momias se encuentran envueltas en leyendas. ¿Hay alguna sobre la reina Tiy?

El profesor nos miró sonriendo.

—Bueno, ahora que lo dices, sí que existe una antigua leyenda sobre ella, pero es tan absurda que incluso yo apenas hablo del tema.

—¿Le importaría contárnosla?

—¿Por qué no? En el fondo, es una historia más bien curiosa.

Nos sentamos a su alrededor (yo no me moví de la mochila) y el profesor empezó:

—Como ya dije ayer, la reina Tiy era abuela del faraón Tutankamón y se ocupó de adiestrarle en el oficio de rey cuando el futuro faraón era todavía un niño. Lo llevó de viaje por Egipto para que conociera todos los rincones del reino, y le hizo instruir en las mil cosas que un rey tiene que saber hacer: montar a caballo, tirar con arco, saber estar en la mesa.

—Eso a ti tampoco te vendría nada mal —comentó Rebecca dirigiéndose a Leo.

—¡Ha hablado la faraona de Egipto! —respondió él, ofendido.

—Sin embargo, las enseñanzas más importantes y más secretas —continuó el profesor— se las transmitió ella personalmente. Cada noche, antes de acostarse, desafiaba a su nieto a una partida de *senet*.

—¿Qué es eso?

—Se trata de un antiguo juego egipcio, una especie de *backgammon*, en el cual parece que Tiy era imbatible. La reina había establecido que el día en que su nieto ganara la partida, estaría finalmente preparado para subir al trono.

—Apuesto a que le hubiera ganado con una sola mano a este *scemet*. ¡Soy un *crack* para estas cosas!

—¿Ah sí? Bueno, entonces eres mejor que el faraón Tutankamón: según la leyenda, él jamás consiguió vencer a su abuela.

—¿Y cómo termina la historia?

—Que Tutankamón llegó a ser faraón igualmente. Su abuela murió, pero se dice que cada noche se despierta y va en busca de su nieto para desafiarlo de nuevo al *senet*, hasta que él consiga derrotarla.

—Pero ¿por qué está tan interesada en perder?

—Para poder, finalmente, descansar en paz. Mirad, el *senet* no es un simple juego. El viaje de las fichas en el tablero representa el trayecto que el alma del difunto debe recorrer para alcanzar el Más Allá. Cuando alguien vence, su viaje a la ultratumba está asegurado. Puesto que Tutankamón nunca ha ganado, la reina está convencida de que el alma de su nieto vagará sin rumbo. Por eso le busca: no hallará descanso hasta que su nieto le gane, al menos, una partida.

—¡Fascinante! ¡Realmente fascinante! —comentó Rebecca, mirando ensimismada los ojos verdes de Templeton.

—¿Puedo hacerle otra pregunta, profesor? —intervino Leo cambiando de tema—. ¿Cómo se juega a este *scimmiet*?

7

SENET-MANÍA

¡Vaya con el día en que Leo aprendió a jugar a *senet*! Pero ¿por qué, por qué el profesor tuvo que enseñarle? ¿Y por qué, después de haberle enseñado, tuvo que regalárselo?

¡Y por qué desde aquel día Leo no pensaba en nada que no fuera el dichoso juego?

Una vez en casa, Leo se pegó al ordenador (¡Leo es un auténtico genio con el ordenador! Ya lo sabíais, ¿no?) y descubrió que:

- Existía un videojuego de *senet*.

- Existían 2.226 sitios de internet de fans de *senet* de todo el mundo.

- Podía desafiar *on-line* a chicos australianos, chinos e, incluso, a un par de Fogville.

- Existían doce torneos nacionales, europeos y mundiales.

- En Canadá estaba a punto de dar comienzo el Campeonato Internacional de Senet para menores de quince años, cuya inscripción se cerraba a medianoche.

—¡Las doce menos cinco! —exclamó—. Aún estoy a tiempo.

Ninguno de nosotros consiguió detenerle.

¡Desde aquel preciso instante, nuestra vida se convirtió en una pesadilla! Leo empezó a atormentarnos para que jugásemos con él.

—Martin «cerebrito», ¿quieres que te destroce al *senet*?

Y Martin, orgulloso como era, dejaba el libro que estaba leyendo y aceptaba el desafío.

—Rebecca, hermanita querida, cuando quieras una revanchita aquí me tienes.

Y si Rebecca contestaba que no, Leo la amenazaba diciendo que un día su alma vagaría sin descanso por el país de las sombras.

—Bat, ¿echamos una partidita? —Yo contestaba que sí y las partiditas se convertían en quince, porque yo siempre perdía y Leo, en su infinita bondad, me ofrecía la revancha.

Y si ninguno de nosotros se prestaba a hacerle de contrincante, siempre quedaba el videojuego: podía estar enganchado a la pantalla toda la tarde.

—¿Y tú ya sabes que es muy malo estar todo el día pegado a eso? —le decía yo.

—Lo sé…

—contestaba sin despegar los ojos de la partida—, pero si ninguno quiere jugar conmigo…

—Vale, ya juego yo… —finalmente cedía, sacrificándome para no verle «abducido» por el ordenador.

Bueno… ¿y sabéis lo que ocurrió al final? Pues que me aficioné. Efectivamente, poco a poco me fui apasionando y fui mejorando en mover aquellas piezas en el tablero.

Y, por fin, llegó el día en que gané espectacularmente a Leo.

—¡Solo has tenido suerte! —protestó, enfurecido—. Exijo inmediatamente la revancha.

Pero también la revancha acabó de la misma manera. Igual que la contra-revancha y la contra-contra-revancha. En definitiva, que le gané cinco veces seguidas. Al final, Leo tuvo que reconocerlo:

—¡Uau, Bat! ¡Te has convertido en todo un campeón!

—Tú tampoco es que seas patético.

—Juntos seremos imbatibles, ¿lo pillas?

—Puede ser, pero ¿de qué me estás hablando?

—¿Por qué no participamos juntos en el campeonato canadiense para menores de quince años, eh?

—Bue... no sé... este juego toma un montón de tiempo. Y además, yo soy escritor.

—¡Pues por eso! ¡Escribirás sobre cómo hemos ganado nuestro primer trofeo internacional!

En aquel momento, Martin se asomó por la puerta de la habitación. Llevaba en la mano una narración de Edgar Allan Papilla que se titulaba *El regreso de la momia*, y una extraña sonrisa se dibujaba en sus labios. Era evidente que había oído nuestra charla.

—Yo tengo una idea mejor para el próximo libro de Bat.

—¿Como cuál? —pregunté.

—Podrías contar lo de cuando tú y Leo ganasteis a la momia.

8
DESAFÍO A SU MAJESTAD

lguna vez os han metido un cubito de hielo por la espalda? Vale, pues así me sentí yo cuando Martin vino con aquella ocurrencia. Ya había pillado por dónde iba, pero quise que me lo contara mejor.

—Está tirado —empezó Martin, limpiándose las gafas—. Nosotros somos los únicos que sabemos que la leyenda de la reina Tiy es cierta, y que su momia sale de paseo en busca de su nieto para desafiarle al *senet* porque quiere que le gane para poder descansar en paz.

—Por desgracia, somos los únicos que lo sabemos… —murmuré.

—Bastaría con que alguno de nosotros, disfrazado de Tutankamón niño, ganase a la reina.

—¡Quietos! ¡A mí no me miréis! —protesté—. ¡Yo soy un murciélago, no puedo vestirme de faraón!

—¿Y quién ha dicho nada de ti? —replicó Martin—. Yo pensaba en Leo.

—¿Yoooo? Ya puedes ir olvidándote.

—Y, además, ¿alguien ha dicho que Tutankamón de pequeño estuviera gordo? —preguntó Rebecca.

Leo ni siquiera se ofendió, dado que la observación le favorecía.

—¡Exacto! Y con esto, final del asunto. Ven, Bat, tenemos que entrenarnos para el campeonato.

Estaba a punto de salir revoloteando de la habitación cuando la voz de Martin sonó a nuestra espalda:

—¡Sabéis?, no creo que os dé miedo la momia: ¡creo que tenéis miedo de perder contra la reina!

Siguieron unos instantes de silencio durante los cuales Leo y yo intercambiamos una mirada que valía más que mil palabras: nosotros dos, juntos, batidos al *senet* por una reina de 3.500 años, embutida como un salchichón.

Volé al hombro de Leo y le pegué un apretón, convencido, con la pata.

—¿Sabes lo que te digo, Martin? —replicó Leo, plantándose ante él—. ¡Aceptamos el desafío! Telefonea a su majestad y dile que ahora vamos.

Un minuto después ya nos estábamos arrepintiendo de haber aceptado.

Llevados por el orgullo, habíamos olvidado lo que íbamos a hacer exactamente: una partidita de *senet* con una reina muerta y que, por si fuera poco, era más bien peligrosa.

Y eso no era todo: Leo había olvidado que tenía

que disfrazarse de Tutankamón, con la esperanza de parecerse, por lo menos un poquito, al faraón.

—Nos vendría bien algo más de información del profesor Templeton… —murmuró Martin.

—¡Eso es cosa mía! —propuso enseguida Rebecca.

Tomó prestada la cámara digital de Leo y salió sin decir palabra.

Mientras tanto, para entrenarnos, Leo y yo empezamos a competir *on-line* en el famoso campeonato canadiense. ¡Fue patético!

Sería la emoción, o el miedo a la momia, pero lo cierto es que perdimos las primeras partidas.

—Leo — murmuré desconsolado—, ¿estás seguro de que en el antiguo Egipto no jugaban a las cartas? ¡Soy un *crack* jugando al póquer!

—Si nos presentamos así ante la reina —gimió Leo—, se nos carga a los dos.

—¿A los dos? —preguntó Martin entrando en la habitación—. ¡No estaréis pensando en jugar a dúo! Es Leo quien desafiará a la momia…

—¿Él solo? ¡Ni hablar!

—…y Bat se quedará escondido debajo de su ropa —terminó Martin.

—¿Qué-qué ropa? —preguntó Leo.

—¡Esta! —contestó Rebecca entrando con una sonrisa triunfante en los labios.

Evidentemente, su misión con el profesor Templeton había dado buen resultado.

En efecto, en una mano llevaba una foto del arqueólogo con una dedicatoria:

A mi querida amiga Rebecca, joven egiptóloga.

Robert

En la otra mano, una ilustración reproducía el tipo de traje que, según el experto, tenía que haber llevado un joven príncipe de Egipto.

Me costó un enorme esfuerzo no partirme de risa.

9

DISFRACES
DE CARNAVAL

a señora Silver era buenísima cosiendo a máquina, por lo que se prestó muy gustosa a confeccionar el traje de faraón que necesitaba Leo.

Lo difícil fue explicarle para qué iba a servir exactamente. Y sin mentir.

Así que decidimos decir absolutamente la verdad, toda la verdad y nada más que la verdad.

—Bien —preguntó ella—, el traje está casi listo y aún no me habéis dicho a qué vienen todas esas prisas.

—Bah, bueno —empezó Martin—, tenemos que visitar a una momia…

—¡Esta sí que es buena, Martin! ¿Por qué no me decís también que la momia está viva y que se os quiere comer?

—Porque no se nos quiere comer, mamá —explicó Rebecca—. Solo quiere desafiar a Leo a una partida de habilidad.

—¿Ah sí? ¿A cuál? ¿A ver quién enrolla las vendas más deprisa? ¡Chicos, sois verdaderamente increíbles! —Luego llamó en voz alta a Leo, que había ido a su habitación a probarse el traje—. Bueno, Leonard, ¿estás listo? Déjame ver cómo te queda.

Leo apareció en la entrada de la sala de estar abrumado por la vergüenza. Llevaba puesta una túnica blanca y azul que le llegaba hasta las rodillas y unas sandalias de piel abrochadas en las pantorrillas con cordones de cuero.

Nadie se atrevió a chistar.

Por suerte, la señora Silver quedó entusiasmada por su trabajo:

—¡Muy bien! ¡Sí, sí, muy bien! Parece que nos gusta a todos. ¿Qué me decís, chicos?

—Que le falta el maquillaje —respondió Rebecca—. Los hombres egipcios se maquillaban los ojos.

—¡No, maquillaje nooo! —intentó protestar Leo, pero no hubo nada que hacer.

Al final del tratamiento estético de su hermana, Leo llevaba los ojos pintados de negro y los párpados de azul.

Si no hubiese sabido que allí debajo estaba Leo, aquel disfraz casi me hubiera engañado.

Rebecca había añadido al conjunto unas pulseras doradas y un gran medallón con inscripciones jeroglíficas.

—¿Y eso de dónde lo has sacado? —preguntamos todos con curiosidad, mientras Leo ya no sabía dónde meterse.

—Es un regalo del profesor Templeton. Se trata de la copia exacta de una joya de la XVIII dinastía.

—¡Perfecto! —comentó Martin—. Ahora tenemos que pensar en Bat.

¡Sonidos y ultrasonidos! Casi me había olvidado de que yo también participaba en esa partida.

—No querréis que me disfrace yo también, ¿verdad?

—Tranqui, nada de eso. Solo tienes que ayudar a Leo a ganar a la reina, pero permaneciendo a una distancia de seguridad.

—¿Y cómo nos vamos a comunicar?

—¡Lo haremos con esto! —explicó Martin, y nos mostró unos auriculares con un pequeño micrófono—. Leo llevará un par de auriculares escondidos bajo el gorro.

—¡Me niego! Este gorro es súper incómodo. Además, en la ilustración del profesor no había nada parecido... —exclamó Leo, mientras tiraba el gorro al suelo.

—Ya lo sé, pero es la única manera de ocultar el micrófono. Póntelo, así parecerás un auténtico faraón.

Refunfuñando, Leo se puso ese enésimo accesorio y probamos el micrófono y los auriculares: funcionaban a la perfección.

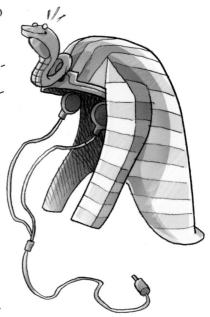

—Guay —concluyó Martin—. Diría que todo está listo.

—¿Estás seguro de que funcionará? —preguntó Leo con un hilo de voz—. Tengo una especie de presentimiento.

—¡Tranqui, Leo! Todo saldrá bien.

—¿Y cuándo pretendes entrar en acción? Solo para saber cuántas horas me quedan de vida…

—Esta noche.

—¿Esta noche? ¿Pero no podemos tomarnos algo más de tiempo?

—No. Esta noche papá y mamá salen a cenar y regresarán muy tarde.

10

CAZA AL LADRÓN

penas se hubieron marchado los señores Silver entramos en acción. O mejor dicho, yo entré en acción.

La verdad es que al llegar cerca del museo nos tuvimos que plantear la cuestión de cómo entrar.

—¡Haz un vuelecito panorámico de inspección, Bat! —ordenó Martin.

Obedecí inmediatamente, pero con las alas tan flojas, que me hacían flip-flap. (Vosotros los humanos decís «me tiemblan las piernas», a saber por qué.)

Del gran edificio del museo se filtraba una débil luz, la suficiente para ver que el tragaluz del tejado esta vez estaba cerrado.

Evidentemente, la policía había descubierto por dónde habíamos huido la otra vez.

¡Por Batman! ¿Por dónde entraríamos?

Iba deambulando por allí cuando me fijé en una figura negra, con la cabeza cubierta, que se estaba encaramando por el tejado: ¡un ladrón!

Llegó a la altura de una pequeña ventana, la forzó sin hacer ruido y, con la habilidad de un acróbata, se metió dentro.

Decidí seguirlo, aunque con las alas cada vez más flojas: aquel tipo no solo era un malhechor, sino que podía dar al traste con nuestro plan.

Manteniéndome a una distancia de seguridad, lo seguí por los pasillos del museo. Parecía conocerlo bien porque, en pocos segundos, llegó al despacho del vigilante y abrió el armario de las llaves. Cogió una llave con la etiqueta «Alarma General», la introdujo en un panel lleno de lucecitas y de botones y, finalmente, la giró hacia la izquierda.

—¡Esta noche nada de timbres, alteza! —oí que decía. ¿Quería robar la momia de la reina? ¡Sonidos y ultrasonidos, ahora sí que podía irse todo al traste!

Luego se acercó a otra pared en la que estaban los

monitores de las cámaras de vigilancia: una cámara por cada sala del museo.

—¡Y tampoco quiero miradas indiscretas! ¡Solos usted y yo! —añadió, y apagó los monitores.

Después salió para dirigirse con grandes zancadas hacia el pasillo central.

Tenía que decidir rápido: ¿continuar siguiéndole o regresar con mis amigos?

Mi vista se fijó en una llave con la etiqueta «Entrada Central», la cogí y salí pitando a abrir: en el fondo, había sido una suerte dar con aquel pavo.

Martin, Rebecca y Leo-Tutankamón estaban delante del portón, esperándome.

—¡Bravo, Bat, sabía que lo conseguirías! —me felicitó Martin.

—He tenido ayuda.

—¿De quién?

Les conté lo del ladrón, cómo había desactivado las alarmas, y cómo sospechaba que estaba interesado en la momia de la reina.

—Tendremos que ser muy prudentes —observó Martin—. Seguidme.

—Yo primero tendría que ir al lavabo —se lamentó Leo—. Adelantaos, os pillo enseguida.

—¡Muévete, blandengue! —le reprochó Rebecca—. ¡Recuerda que eres un faraón!

—También los faraones necesitan hacer pipí.

—Bat —me dijo Martin—. Ve tú delante.

Obedecí, con las alas cada vez más flojas, y llegué a la Sala Egipcia. Crucé las primeras habitaciones y, finalmente, me encontré en la de la momia: el ladrón ya estaba allí, pero no parecía interesado en el sarcófago. Estaba trajinando junto a la vitrina que contenía el escarabajo esmaltado de la reina.

Mis amigos llegaron enseguida, detrás de mí.

—¡Quiere robar el escarabajo! —les informé inmediatamente.

—¡Qué bribón! —exclamó Rebecca.

—Tenemos que detenerlo. ¿Alguien tiene alguna idea? —preguntó Martin.

—¡Yo! —respondió Leo—. ¡Llamamos a la policía y nos las piramos!

—Es demasiado tarde. El ladrón tendría tiempo de huir.

Se dieron la vuelta para echar una ojeada detrás de los pilares mientras yo reanudaba mi revoloteo: la vitrina estaba abierta y el ladrón había desaparecido con el escarabajo.

—Pero ¿dónde está?

Una voz conocida contestó a sus espaldas.

—¡Estoy aquí, chavales!

Escondido bajo la cornisa del techo, vi que los hermanos Silver se daban la vuelta: detrás de ellos, el ladrón se estaba quitando la máscara negra. En una mano tenía el escarabajo de Tiy.

—¡Profesor Templeton! —exclamaron a coro.

—¿Me habéis reconocido? ¡Qué buenos sois! Pero no, ¡qué malos! ¡Tan jóvenes y ya vais de ladrones!

—¡No somos ladrones! ¡Solo queremos ver la momia!

—¡Eso se lo contáis a la poli, y le contáis de paso por qué vais vestidos de forma tan ridícula! —añadió, mirando a Leo—. ¿Qué es eso, un disfraz de carnaval?

—¡Un científico como usted no puede robar una joya tan antigua! —protestó Rebecca, desesperada—. ¡No tiene sentido!

—¿No tiene sentido, dices? ¿Sabes cuánto puede valer esta joya, niña? ¡Lo bastante como para retirarme a una isla del Caribe y vivir tumbado al sol para el resto de mis días! Y, qué casualidad, precisamente ayer un coleccionista me hizo una oferta que no puedo rechazar…

—¡Nosotros lo impediremos! —le desafió Martin.

—¿Con vuestros ridículos disfraces? —rio de nuevo mirando a Leo—. ¿O con vuestro murciélago doméstico? A propósito, ¿dónde habéis dejado a vuestro amigo? ¿No ha venido a ayudaros?

Yo estaba allí arriba, bien escondido, y me exprimía los sesos para encontrar algún objeto que tirar en la cabeza de aquel bribón, cuando mis ojillos dieron con algo que hizo que me quedara seco de miedo, remiedo.

—Ahora os vais a quedar aquí, encerrados, como buenos chicos, mientras yo salgo del museo y conecto las alarmas. En pocos minutos llegará la policía y todo habrá terminado para vosotros. ¿Estáis contentos?

Aunque hubieran querido responder, los hermanos Silver no hubieran encontrado las palabras. Ahora también veían, detrás del profesor, lo que yo había visto.

De repente, dos brazos vendados agarraron con fuerza al profesor Templeton por los hombros: él se giró de golpe y casi se desmaya del susto.

El colgante con el escarabajo le resbaló de las manos.

Al cabo de un instante huía chillando por los pasillos.

11
EL ESPLENDOR
DE EGIPTO

a momia se quedó parada unos segundos. Luego recogió el colgante y se lo colgó del cuello. Levantó la cabeza hacia los hermanos Silver, pero se encontró solo con Leo, reducido a estatua de piedra a causa del terror.

Martin y Rebecca habían desaparecido.

La reina examinó a Leo de arriba abajo y luego se le acercó lentamente, con los brazos tendidos hacia él y cuando lo tuvo ante sí… le abrazó alzándolo del suelo.

—¡Tuti, Tuti, Tuti! ¡Nietecito adorado! —exclamaba conmovida agitando a Leo como a un oso de peluche—. Pero ¿dónde te habías metido? ¡Hace más de tres mil años que te estoy buscando!

Tiy había confundido a Leo con Tutankamón, ¡su nieto! ¡El disfraz había funcionado!

— Ejem, sabes, a… abuelita —balbuceó Leo volviendo a sentir algo de valor—, he tenido mucho que hacer…

—¡Te he dicho millones de veces que no me lla-

mes abuelita! ¡Sabes que hace que me sienta muy vieja!

—A... abuela, ¿va... vale?

—Puede servir, pero «Esplendor de Egipto» estaría mejor. ¡Déjame ver! Mmm, te encuentro algo más gordo. ¡Tienes que hacer gimnasia! ¿Cuántas veces te lo tengo que repetir? Un rey debe estar en forma si quiere ser un buen rey. ¿Lo has entendido, zoquete?

—Sí, abuel... sí Esplendor de Egipto... ejem, Olor a Frito...

—Bah, ¡déjalo! ¿Por qué te has puesto esta horrible «cosa» en la cabeza? Parece una palmera del desierto.

—Ha sido cosa de Martin…

—¿Martin? ¿Quién es ese Martin? ¿El nuevo sastre real? ¡Qué incompetente!

Martin, escondido tras la puerta, oía cada palabra de aquella increíble conversación. Junto a él estaba Rebecca, que a duras penas se aguantaba la risa. Y detrás de ellos estaba yo, que finalmente había conseguido salir de mi escondite.

—Ahora, ven aquí —continuó la reina Tiy—. Es la hora de nuestra partidita nocturna. ¡Y a ver si ganas, al menos una vez! Este asunto no me deja descansar, ¿sabes? No duermo bien sabiendo que no consigues ganarme.

—Lo sé abuela… ejem, Hedor de Egipto…

—¿Quieres dejar de hacer el tonto? ¡Vamos! Prepara las fichas —ordenó, abriendo ante Leo un antiguo tablero de *senet* hecho de madera y colocándolo sobre la mesita que había en la sala.

—Mueve tú primero.

Leo miró a su alrededor, desanimado. ¡El miedo de estar allí solo, con una momia parlante, le había hecho perder por completo la memoria!

—Qué, ¿te decides o no? —insistió la abuelita… ejem, la momia.

Fue entonces cuando mi débil voz le llegó a Leo a través de los auriculares.

—Pieza tres a la casilla cinco —susurré.

Leo esbozó una sonrisa y movió su ficha.

—¡Ya era hora! —comentó el Esplendor de Egipto.

—¡Ha sido un buen movimiento, Tuti! ¡Pero este es aún mejor! —Y movió una ficha a su vez.

—Responde paso a paso —susurré—. Sin prisas.

La partida continuó durante varios minutos más. La reina llevaba ventaja sobre Leo, pero si jugábamos bien podíamos conseguirlo.

—¡Has mejorado mucho desde la última vez! —dijo la momia moviendo su ficha.

—¡Vamos bien, Leo! —dije—. La abuelita no se ha enterado de que ha dejado libre una de las tres casillas de salida. ¡Ve con la pieza uno!

Leo no se movió.

—¡Mueve la uno! —repetí.

Pero en lugar de obedecer Leo comenzó a mirar a su alrededor, aterrorizado.

—¡Mueve la ficha! —casi grité en el micrófono; pero nada. Le vi golpetear con los dedos cerca de las orejas: evidentemente, había algún problema con los auriculares y mi voz ya no le llegaba.

¡Sonidos y ultrasonidos, teníamos problemas!

—Está demasiado asustado para continuar él solo —dijo Rebecca—. Necesita ayuda.

—Tienes que acercártele —me cuchicheó Martin—. ¡Ya!

Como si yo no estuviera helado de miedo. Y más ahora que la abuelita había empezado a desgañitarse con Leo...

—¡Así nunca serás un gran soberano, Tuti! ¡Un

gran soberano debe saber tomar las decisiones más importantes sin titubear! ¿Quieres que un día te llamen Tutankamón Su Blandura, Gran Pavo de Egipto?

—No, abuelita…

—¡Que no me llames abuelita!

—Disculpa, abue… ejem, Escupitajo de Egipto…

Como de costumbre, en los momentos difíciles recordé las preciosas enseñanzas de mi abuela Evelina: «Cuando el juego se endurece, vuélvete blando. Así no te harás daño».

¿Que a qué viene eso? Pues a que cuando decidí lanzarme en picado hacia Leo para susurrarle en su oído el movimiento, me sentía tan flojo que casi no me tenía en pie. Por suerte, solo tenía que volar.

Conté hasta tres y después… me lancé.

12

¡ATRÁPALO, TUTI!

omo siempre decía mi abuelo Salnitre: «¡Del dicho al hecho hay… un vuelo mal hecho!».

Mi idea era tan simple que, naturalmente… no funcionó.

Yo solo quería alcanzar a Leo, dar una vuelta completa alrededor de su cabeza, chivarle el próximo movimiento y largarme volando.

Sin embargo, apenas me hube acercado a la reina ella me vio y empezó a gritar:

—¡Un murciélago! ¡Socorro, un murciélago! ¡Échalo enseguida, Tuti! ¡Échalo enseguida!.

De repente me vino a la cabeza lo que nos había dicho el profesor Templeton: «La reina odiaba a los murciélagos. Los encontraba horribles».

Volví a acercarme a Leo, planeando.

Tuve el tiempo justo para decirle «¡Mueve la ficha uno dos casillas!», y me volví a esconder detrás de la columna.

—¡Menos mal que se ha ido! —resopló su majestad—. ¿Ya sabes que cuando estaba en el desierto jamás me atreví a salir del sarcófago a causa de estas bestezuelas? ¡Estaban por toda la gruta! Por suerte, llegó aquel arqueólogo y me sacó de allí.

—Pero si los murciélagos son inofensivos, ¡todo el mundo lo sabe! —replicó Leo.

—¿Inofensivos, dices? Son seres de las tinieblas. Y si te atacan a la cabeza te quedas completamente pelado.

—¡Eso es mentira!

—¿Es que llamas embustera a tu abuela?

—No, pero es que yo sé…

—Tú no sabes nada de nada. Y ahora, apresúrate a mover antes de que vuelva aquella «cosa».

—¡Ya he movido: ahora te toca a ti!

La reina observó el tablero atentamente y con aire de preocupación. Un par más de movimientos acertados, y todas nuestras fichas habrían completado el recorrido.

—Hay que impedirle que piense, Bat —sugirió Martin—. Has de volver ahí fuera.

—¿Otra vez? —respondí dudoso. El hecho de asustar a alguien, me daba valor, pero la idea de que la «faraona» pudiera hacerme daño me ablandaba un poquito las patas. A pesar de todo, me decidí a despegar.

—¡Ahí viene de nuevo! —berreó Tiy—. ¡Atrápalo, Tuti! ¡Atrápalo!

Leo fingió que quería golpearme mientras yo realizaba unas cuantas acrobacias sobre sus cabezas: planeo, picado y, para terminar, ¡doble mortal! Conseguí también rozar el pelo de la momia, que lanzó un grito de auténtico terror.

—¡Socorro! ¡Que alguien me ayude! ¡Voy a quedarme calva!

—Cálmate, abuela —le tranquilizó Leo—. Tus cabellos continúan ahí.

—Tendré que hacer llamar a la peluquera de la corte.

—¡Guay! Pero ahora acabemos esta partida.

—No creerás que voy a rendirme, ¿verdad? —siseó ella—. ¡Todavía no has ganado, jovencito!

La escena se repitió otras dos veces más: cada vez que la reina iba a concentrarse, Martin me mandaba en misión, pidiendo que la asustara a conciencia.

Desgraciadamente, la última vez salió realmente mal: Tiy sacó del sarcófago un pequeño cetro de madera y, mientras yo pasaba a un palmo de su nariz haciéndole una pedorreta, me dio en la cabeza y caí al suelo medio desmayado.

—¡Toma! —gritó, victoriosa. Luego se acercó a grandes pasos hacía mí, dispuesta a aplastarme bajo su pie real.

—¡He ganado, pequeña cucaracha! —dijo, antes de eliminarme.

Yo iba a responder que soy un murciélago cuando Leo se interpuso:

—No, abuelita querida. ¡Esta vez he ganado yo!

—Ya te he dicho que no me lla… ¿Qué es lo que has dicho?

—¡He dicho que te he ganado! Mi última ficha ha salido del tablero, mientras que a ti aún te quedan dos.

Si hubierais visto lo que yo vi en aquel instante… primero la reina sonrió, luego pareció conmoverse y después hasta se puso a llorar de alegría.

—¡Nietecito mío! —dijo abrazando al pobre Leo—. Por fin ha terminado mi misión. ¡Llegarás a ser un gran faraón! Y yo por fin podré descansar en paz. ¡Adiós!

Y diciendo esto regresó lentamente hacia su sarcófago.

—¡Un momento! —dijo deteniéndose de sopetón—. Tengo que darte algo. Lo he conservado para ti durante todos estos años.

Metió una mano en las vendas y sacó de ellas un pequeño escarabajo de piedra negra.

—Te traerá suerte.

Acarició por última vez a Leo y se acostó en el sarcófago real, cerrando la tapa tras de sí.

Para siempre.

13
¡FUNCIONA!

 a policía, avisada al día siguiente por la dirección del museo, descubrió enseguida por dónde había entrado el ladrón y cómo había desactivado la alarma y las cámaras de vigilancia.

Sin embargo, costó mucho explicar por qué el sarcófago estaba cerrado, y por qué el escarabajo de la reina Tiy estaba en el cuello de la momia y no en la vitrina, y por qué el profesor Templeton había sido hallado en los alrededores de la ciudad corriendo de aquí para allá y farfullando frases sin sentido.

Rebecca se llevó una gran decepción, pero al menos aprendió que no siempre debemos fiarnos de las apariencias, porque a veces quien tiene un aspecto fascinante también puede resultar peligroso.

Sin embargo, lo más sorprendente fue lo que nos contó Leo al regresar de la escuela. Se precipitó al desván, donde yo me estaba recuperando de tantas emociones colgado boca abajo de la viga principal, y me despertó sin cumplidos con un buen golpe en la espalda: sonreía de oreja a oreja y no cabía en sí de excitación. Al momento aparecieron Rebecca y Martin.

—¡Funciona de verdad! —exclamó.

—¿Qué funciona de verdad? —pregunté.

—¡El escarabajo! Preguntadme lo que he sacado en mates.

—¡Dispara!

—¡Un sobresaliente! ¡He sacado un so-bre-sa-lien-te! ¿Lo veis? Y eso no es todo: ¡he ido a comprar una chuche a la máquina del pasillo y me han salido muchísimas! ¡He invitado a merendar gratis a toda la clase! ¡Adam, un colega, se ha disculpado por un viejo asunto por el que nos habíamos peleado, y Virginia Bristol ha estado toda la mañana echándome miradas y sonrisitas!

—¿Miradas y sonrisitas de Virginia Bristol? —preguntó Martin levantando las cejas—. No sé si eso es realmente suerte, ¿sabes?

—Estás celoso, ¿eh? —respondió Leo, molesto—. Y también he pillado un billete delante de tu habitación. Y ahora me lo quedo.

—¡Eo, es el que perdí ayer! Devuélvemelo, ¡ladrón! —gritó, persiguiéndole por la escaleras.

—¿Has tenido alguna noticia de ese primo tuyo de Egipto? —me preguntó entonces Rebecca.

—Le he escrito, pero todavía no me ha contestado.

Durante la cena, el señor Silver leyó en el *Eco de Fogville* la noticia de que la exposición dedicada a la reina Tiy había terminado: «La momia, las estatuas y los valiosos collares regresarán de inmediato a Egipto en un vuelo especial que partirá de nuestro aeropuerto».

—¿Qué opinas, George? —intervino Elizabeth riendo—. Una momia que viaja en avión.

—Conociéndola, me extraña que no sea ella quien pilote —balbuceó Leo en voz baja.

Como ya os podéis imaginar, esperamos hasta el alba para ver pasar el avión de la reina.

La saludamos desde la ventana, agitando la mano como si de una vieja amiga se tratase.

¡Que descanse en paz!

Quien no descansa en paz y no me deja descansar tampoco a mí, como de costumbre, es Leo. Han vuelto a empezar las eliminatorias *on-line* del Campeonato Internacional de Senet canadiense para menores de quince años y no se ha perdido ni una partida. No contento con eso, ha organizado un torneo en el colegio y lo ha ganado sin pestañear.

Sin embargo, lo más sorprendente de todo es que continúa sacando sobresalientes en matemáticas.

—¡Menuda suerte! —le dicen sus hermanos. Pero, a veces, cuando tienen deberes que hacer le piden prestado el escarabajo.

Una noche me lo prestó también a mí, antes de uno de mis vuelecitos nocturnos a la caza de mosquitos: me di una comilona, pero una comilona… ¡para reventar!

Eo, ¡se me olvidaba! Bat Aled, mi primo de Egipto, ya me ha contestado.

Dice que está bien. Y en cuanto al asunto de la momia, me ha contado que el murciélago que hizo caer la lámpara al profesor Templeton fue precisamente él. Y que si hubiera sabido que le estaba ayudando a hacer un descubrimiento tan importante, le hubiera pedido una recompensa en fruta y verdura, ¡que a él le gusta un montón!

Ha prometido que vendrá a visitarme: siente curiosidad por conocer a unos humanos que no solo no temen a los murciélagos sino que, incluso, ¡los tratan como amigos!

Un saludo «cabeza abajo» de vuestro

Bat Pat

¡VAYA JEROGLÍFICOS... DE EGIPTO!

Descubre cuál es el plato preferido de Tiy, con la ayuda de estas cuatro pistas:

Solución: tagliatelle al pomodoro

FALSOS EGIPCIOS

¡Jo con los faraones! Mis colegas y yo nos hemos vestido de antiguos egipcios, pero cada uno de nosotros lleva un detalle «moderno»… ¿Lo pillas?

Solución: A: cremallera; B: cámara de fotos; C: reloj; D: helado

MOMIAS, FARAONES Y PIRÁMIDES

Y ahora, queridos colegas voladores, quisiera contaros un par de cositas curiosas que he descubierto sobre los antiguos egipcios…

MISTERIOS DE EGIPTO

Para empezar, vamos a hablar de pirámides. ¿Sabíais que, originariamente, eran completamente blancas? ¡Han cambiado de color con el tiempo! Para construirlas eran necesarios un montón de años, grandes conocimientos técnicos y, sobre todo, miles de obreros. Sin embargo, cómo se las apañaban para poner, una encima de otra, esas piedras que pesaban más de dos toneladas, todavía es un misterio…

GATOS, HALCONES Y COCODRILOS…

Los egipcios daban a algunos de sus dioses aspecto de animal. Anubis, dios de los muertos, tenía la cabeza de chacal; Ra, dios del sol, cabeza de halcón; Sobek, dios del agua, era conocido como el dios cocodrilo; y Bastet, diosa del amor, tenía el rostro de gato… ¡Por Batman! Precisamente, el único animal que no les gustaba era el murciélago…

¡QUÉ FARAONES TAN IGNORANTES!

Mi primo Bat Aled me ha contado que los egipcios usaban una escritura hecha con dibujos llamados «jeroglíficos», y que solamente sabían utilizar los sacerdotes y los «escribas». ¡Cómo no! Si había 750 dibujos... ¡ni siquiera los faraones querían estudiarlos!

MOMIAS SIN CEREBRO

Pensad que, según los egiptólogos, se realizaron más de setenta millones de momias. Los egipcios creían que para poder emprender el viaje hacia el Más Allá, los difuntos (incluidos los animales) tenían que mantener intacto el cuerpo. Lo conservaban todo, incluso los órganos internos, excepto el cerebro: ¡no sabían para qué servía, así que lo tiraban!

SU MAJESTAD EL NILO

Y para terminar, dos palabras sobre el Nilo: con sus 6.400 kilómetros es el río más largo del mundo. Para los antiguos egipcios, el Nilo era una divinidad, y su crecida en verano era tan puntual que el primer calendario de la historia se basaba precisamente en ella. En efecto, en el calendario egipcio, el año se dividía en tres estaciones: Akhit, la crecida; Perit, la siembra, y Shemu, la cosecha.

LA MÁSCARA DE TUTANKAMÓN

Cosas necesarias: cartoncito blanco; témpera dorada y azul; un rotulador negro y otro rojo; un lápiz; cola vinílica; un hilo de lana, y unas tijeras con las puntas redondas.

1. Dibujad en el cartoncito la máscara de Tutankamón que veis a continuación de modo que sea de la medida de vuestra cara, y recortadla.

2. Recortad los agujeros para los ojos. Después, agujaread el cartón por los lados y fijad el hilo que servirá para colocaros la máscara.

3. Divertíos coloreándola con las témperas y los rotuladores igual que en el dibujo, esperad a que esté bien seca y ¡vuestra máscara de faraón está lista!

ÍNDICE

1. ¿Una insolación?   9

2. Solo papel higiénico   17

3. Una abuelita milenaria   22

4. Por los siglos de los siglos   31

5. ¡Carreras en el museo!   40

6. Un fotógrafo de pacotilla   47

7. Senet-manía   62

8. Desafío a su majestad   70

9. Disfraces de carnaval   76

10. ¡Caza al ladrón!   83

11. El Esplendor de Egipto   95

12. ¡Atrápalo, Tuti!   103

13. ¡Funciona!   112

Juegos   120